LE TRIPODE

Littératures ■ Arts ■ Ovnis

LES ROCHERS ERRANTS

Georges Peignard

Les Rochers errants

LE TRIPODE

« L’entrée du *Paradis* est éclairée par des lettres bleues faites de petites ampoules électriques rassemblées. Leur bleu se rapproche un peu du violet. C’est le bleu de la pensée bleue et des premières brumes matinales qui stagnent sur un champ. C’est le bleu des rêves forts et impressionnants et des cigarettes qui fument. Ce n’est pas le bleu du ciel, ni la couleur de la mer du sud. Vous voyez comme c’est difficile, de décrire nettement une couleur. (…) Le souvenir de la situation géographique s’évanouit aussi : le ciel tout entier de Montmartre avec les soleils bariolés de ses réclames ; les signaux des klaxons terrestres émis par de terrestres automobiles dans la rue Pigalle. Le cerveau est bleu et embrumé. Le temps ne coule pas, mais flotte, léger comme une voile… »

Joseph Roth, *Le Paradis parisien*

Tout comme Iros, là-bas au porche de la cour, est assis maintenant, dodelinant du chef et semblant pris de vin, sans pouvoir se dresser sur ses pieds ni reprendre la route du logis, le chemin du retour : c'est un homme cassé.

Homère, *L'Odyssée*

1

... Comme un retour de bâton de terres autrefois neuves, des courants ascendants se formèrent au-dessus de la grande île. La dépression dénouait sa spirale à contretemps, elle prenait peu à peu de la vitesse, agrégeant dans sa ronde les autres danseurs d'air. Elle glissait à pas puissants à la surface de l'océan, devenant de plus en plus lourde par la masse qu'elle déplaçait sur le rail atlantique, dans le couloir des tempêtes. Les radios aux ondes courtes grésillaient d'appels dont on ne distinguait plus vraiment s'ils étaient de partage ou de panique. Les navires hésitaient sur l'angle de fuite à prendre. Ils orientèrent leur proue plein ouest et firent face au mur de seize mètres qui s'avançait...

2

Le jour paraissait ne pas savoir par où commencer, à l'image des habitants ayant si peu dormi sous les furies nocturnes et leurs fracas sur les hangars aux parois arrachées. Une tôle échouée sur le bord du fossé suscita un coup de volant du chauffeur de la Marine qui ne l'avait devinée qu'au dernier moment dans le halo jaune des phares.
La voiture s'engagea sur la digue. La route était recouverte de sable et boursouflée d'exubérantes laisses de mer, elle ne se distinguait plus de la dune la séparant de l'océan. Le vent à bout de souffle d'avoir hurlé toute la nuit abattait ses derniers crachats sur la côte. Les roues patinaient, puis s'enlisaient dans les amas, chahutant le passager qui perdait tout maintien. Le véhicule s'immobilisa à une dizaine de mètres de la béance.
L'océan, à son plus haut par la lune et à son plus vif par les rafales, avait déplacé les corpulents rochers

qui depuis si longtemps maintenaient le front stable. Culbutés à des dizaines de mètres dénudés de leur manteau de ciment, ils gisaient, en état de choc. Le côtoiement des éléments fluides leur avait pourtant accordé un air de famille, ils avaient accepté de parler cette langue d'eau et de vent, mais le trop d'habitude, de confiance dans l'ordre des choses, ne leur permit pas d'anticiper cette violence débordante à leur encontre.

La mer avait pénétré la vasière qui constituait à l'abri de la dune un havre de repos pour les oiseaux migrateurs de passage. La mitoyenneté que la fine langue de terre préservait n'existait plus, l'océan s'était répandu des deux côtés, séparant du continent le village devenu île.

La main qui ouvrit le coffre de la voiture n'assura pas assez sa prise sur la poignée, une dernière bourrasque bondit pour rabattre le battant avec une fougue qui mit à mal les ferrures, peu habituées aux gestes excessifs. Les appareils de mesure conçus pour les relevés de terrain furent extraits de leur boîtier et prirent appui sur le trépied aux jambes écartées. Ils s'efforcèrent de rétablir dans ce paysage mouvant un ordre physique fait de verticales et d'horizontales, cherchant désespérément des repères

fiables entre cette terre et cette eau nouvelles où chacune s'était annihilée dans l'autre.
On avait conduit ici l'homme parce qu'il savait arpenter les blessures et calculer les mètres cubes à combler, les tonnes de pierre à déplacer, les murs à élever. Des silhouettes vinrent de l'autre bord. Revêtues d'imperméables couleur du sable qui brunissaient sous les écoulements, elles s'étaient avancées jusqu'à la rupture. Des bras se tendaient vers les fragments éparpillés, désignaient des points éloignés, écartaient les mains pour circonscrire l'espacement d'une mesure. L'homme s'étonna de ces figures humaines devenues si distantes, comme si la cassure de la digue avait ravivé, dans les face-à-face inquiets et les gesticulations de défiance, un ennemi aux frontières.

3

La réparation de la route, affleurant sur le cordon de dunes de sept kilomètres, allait demander de longues semaines. Quand la ligne téléphonique fut rétablie, le maire tint conseil avec les autorités maritimes pour évaluer les incidences sur la population et son avitaillement. La Marine possédait un important centre stratégique implanté à l'entrée du village. Des militaires et des civils y travaillaient aux essais de l'armement placé à bord des navires, pour une guerre que les journaux présageaient depuis des mois, eux qui n'avaient rien vu venir de la tempête.

La barque, qui assurait les traversées à partir du point de côte saillant au nord de l'île, augmenta la fréquence de ses allers-retours. Les échanges avec le continent ne pouvaient plus s'effectuer qu'à travers un goulet au courant puissant. Le passeur s'irritait, on lui demanda ce jour-là d'enchaîner les navettes, outrageant les rites respectueux des marées, de la force des choses et de l'écoulement du temps. Quand il accosta sur le continent, il distingua sur la cale les colis que l'épicier avait commandés, et à leurs côtés deux hommes. Il reconnut le docteur, assis sur une caisse, son sac sur les genoux – il se rendait sans doute chez l'un des patrons pêcheurs dont la femme était sur le point d'accoucher et comme la précédente naissance avait été difficile, il venait la voir régulièrement –, l'autre se tenait courbé, un peu en retrait entre deux valises.

En présence du docteur, il n'osa poser aucune question à l'inconnu, qui avait difficilement pris place à l'arrière du canot. Il lui parut vieux, bien que certains de ses traits ne correspondaient guère aux chiffres de l'âge qui oscillaient dans sa tête de passeur, à l'image d'une boussole qui hésite à stabiliser son aiguille sur un point précis du cadran. La canne, que le passager maintenait entre ses mains tremblantes, confirmait pourtant l'impression première. Un large chapeau à bord mou, alourdi de crachin, assombrissait ses yeux d'un bleu transparent et ses lèvres trop rouges dessinaient une bouche chafouine s'effaçant sous une petite moustache jaunie par le tabac. Il n'avait pas enfilé les manches de son pardessus, elles s'agitaient comme des ailes dans le vent. Au col de sa chemise, le noir profond et la blancheur

nacrée des liserés d'un nœud papillon se resserraient si fermement que leurs dessins s'y noyaient.
Le docteur aida l'homme à descendre et il lui indiqua une direction, ce qui prouvait qu'en attendant la navette sur le quai, ils avaient déjà échangé des paroles. Une poignée de main conclut la rencontre avec des promesses de se revoir lors d'une prochaine visite du médecin. Le passeur proposa au voyageur de mener ses bagages à l'aide d'une des brouettes présentes à cet effet sur la cale. L'homme accepta, soulagé de ne pas avoir à soulever à nouveau seul ses deux valises. Il lui indiqua pour destination l'hôtel Kernec, qu'il aurait pu tout autant désigner sans son nom : ici, il n'y en avait pas d'autres.
Le passeur marcha fièrement au-devant, dans les sonorités du cerclage métallique de la roue de la brouette tambourinant sur les pierres du chemin et le couinement répétitif de l'axe corrodé par l'eau salée. Des rideaux s'écartèrent pour voir passer ce cortège solennel et ridicule, tant le voyageur paraissait essoufflé de suivre le rythme imposé par celui qui avait pris la tête de ce défilé funèbre aux airs de carnaval.
Les maisons du village étaient maintenues couchées au plus près du sol pour ne pas donner prise aux

éléments, soudées les unes aux autres elles formaient par leur alignement un mur compact, et de la rue, un couloir. Plusieurs fois le fragile voyageur dut faire des pauses dans la ruelle qui menait jusqu'à la plage. L'hôtel apparut enfin, dominant la perspective par sa hauteur. Le bandeau sous les fenêtres du premier étage, indiquant *CAFÉ HÔTEL KERNEC*, dénotait par la texture presque effacée de ses lettres au centre du revêtement blanc qui illuminait la façade récemment repeinte. Le marin retraité qui savait tracer avec dextérité sur les coques le nom des bateaux se faisait trop vieux pour monter sur une échelle et n'avait pu réanimer l'enseigne. Les frappes constantes des vents et du soleil ne firent qu'accentuer le décalage des époques sur le fronton du bâtiment reblanchi, oublieux un peu plus chaque année de son nom.

Quelques hommes jouant aux cartes se retournèrent pour saluer le passeur qui entrait. Il annonça le client qu'il convoyait, non sans une certaine fierté due à son rôle de batelier, qui même à terre ne perdait pas de son importance. Au-dehors, le voyageur effaçait la sueur sur son visage à l'aide d'un large mouchoir à carreaux. Il reprenait son souffle avant de se présenter à l'intérieur. Cette intronisation légèrement différée fit que tous les regards se fixèrent sur la porte dans l'attente du moment où le visiteur l'ouvrirait à son tour.

C'est la canne qui se glissa la première, comme un aveugle fait de son bâton une avant-garde pour assurer ses positions. Il s'arrêta sur le seuil afin de laisser à ses yeux le temps de se reprendre dans la pénombre de la salle. Il salua poliment l'assemblée en ôtant son chapeau avec distinction, geste complété par l'inclinaison du torse vers chacune des tables. Sa vision ne devait pas s'être encore correctement rétablie, il salua une table vide sur sa droite.

Souriant, il s'approcha du bar vers la patronne, qui abaissa le ton pour s'accorder à la voix un peu traînante de ce nouveau pensionnaire. Aucune information n'arriva jusqu'aux oreilles des habitués, malgré le silence que tous avaient institué pour saisir les intentions du voyageur à travers quelques mots volés. Le même effet se produisait avec le gramophone sur lequel la patronne passait certains soirs d'hiver des disques trop usés, on n'en distinguait plus les mots, seulement la musique qu'ils infusaient. Tout au plus purent-ils percevoir que la voix de l'étranger émettait une mélodie triste, avec un léger accent allemand.

4

La mer clapotait sur la plage, comme une petite enfant que l'on découvre dans sa chambre au milieu d'un chaos d'objets renversés et de boîtes vidées de leur contenu. Des entassements d'algues arrachées par la houle recouvraient le haut de la grève où un cheval attendait pour mener jusqu'aux parcelles cultivées la charrette que deux femmes vêtues de noir emplissaient à coups de fourche de goémon. Un homme traînait sur ses épaules deux planches ligaturées dont les traces de peinture les recouvrant laissaient peu de doute sur leur origine naufragée. C'est ce que le voyageur vit le premier matin par la fenêtre de sa chambre.

Le *tac* particulier qu'émettait le bout métallique de sa canne sur les marches de bois et une certaine lourdeur à les enjamber l'annoncèrent dans la salle du café. Ces premières heures du premier jour donnèrent naissance à un rituel : tous les matins on placera un verre d'alcool de mirabelle sur la même table, auprès de la même fenêtre, qui debout permettait de voir l'océan et assis de se retrouver face au ciel.

Avec une subtile et sincère politesse, qui sera toujours la tonalité de ses échanges avec l'hôtelière, il lui demanda si elle avait des journaux du jour. Elle s'excusa de ne pouvoir lui confier que la gazette de l'avant-veille, les livraisons venant du continent étaient perturbées et il n'y avait pas eu de courrier depuis que l'océan avait rompu la digue. Elle apporta à sa table ce modeste journal local. Il le reçut avec plaisir et passa un long moment à sa lecture. Mais il ne se laissa pas emporter par les mots, il décentra l'optique de ses lunettes vers la surface du papier défait et patiné, scrutant les traces des lecteurs passés.

Comme l'on présente de la poudre d'or dans le pli d'un délicat feuillet, le journal avait accumulé des cendres échappées de cigarettes roulées trop lâches et n'ayant pu maintenir jusqu'au bout leurs fibres calcinées. Des index humectés de salive avaient estampillé en haut à droite le coin de chaque page. La toute dernière était maculée des impressions vineuses de pieds de verre, donnant à cette

rubrique des sports, par ces anneaux, une dimension olympique.
Son stylo s'agitait entre ses doigts, par habitude, par impatience qu'on lui confie à nouveau des boucles, des traits et des points qui modèlent les mots pour aller encore au-devant des évènements. Pourtant, il ne ressentait pas le besoin d'écrire ni de se plonger dans la rédaction de sa correspondance, personne ne le savait ici, et l'on ne déposera pas demain matin sur sa table les quelques lettres qui lui parvenaient encore de l'étranger. Derrière les frontières closes de l'Europe, le monde s'était soudain tu.
Après son troisième verre, il annonça qu'il allait faire une promenade. Ce terme désigna en fait les quelques pas qui le menèrent à une dizaine de mètres au-devant de l'Hôtel. Désolée de le voir chanceler et revenir dans la salle du café pour laisser reposer ses jambes endolories, la patronne demanda à son commis de placer à la lisière de la plage un banc de bois qui se trouvait dans la remise et que l'on sortait aux beaux jours. Mais il n'y resta pas. L'excuse d'une soif à satisfaire le ramena encore à l'intérieur, alors on jointa une table au banc, ce qui accorda à l'hôtel un certain standing par sa terrasse bricolée et son souverain buveur au sommet duquel

on déploya un parasol, oublié la saison dernière par de séduisants baigneurs venus du continent.

5

... Une odeur chaude à la fois âcre et sucrée montait des dunes, comme en libère dans les transpirations de l'été l'intime des corps. Elle étendait sa pesante couverture sur les abords dénudés du rivage, soumis au long des jours et des nuits aux assauts des rafales. La végétation, ne pouvant s'y déployer qu'au ras du sol, était composée d'un tissage de minuscules herbacées qui n'autorisaient aucun grain de sable à leur échapper, tel un filet crépu retenant de longs cheveux inquiets de leur dénouement.

Dans ces vallonnements aux courbes lasses, on devinait sous les corps déployés de minuscules fleurs, et parmi elles des œillets maritimes roses, dont la corolle aurait pu apparaître bien banale si leur pourtour n'avait su incarner à ce point la douceur et la déchirure.

De hautes herbes d'une blancheur déjà fanée bordaient la lisière, se ployaient et se redressaient moins sous l'influence du ciel que traversées par la peur et le désir. On ne leur avait jamais permis de dépasser le haut de la plage et elles ne pouvaient que laisser s'écouler des flots de sable entre leurs tiges, le même sable que la prochaine marée dans son souffle méprisant repoussera contre elles, s'exaspérant de leur constante présence, achevant de les enfouir ou de les déraciner...

6

Le voyageur avait remarqué que l'hôtelière lui accordait une attention particulière en plaçant à chaque consommation une coupelle où se glissait la note, comme cela se pratiquait dans les grands cafés. Leur empilement formait une tour chancelante, rebâtie tous les jours, jusqu'au moment où la punition d'un Dieu ombrageux déciderait de son écroulement.

N'ayant plus aucun client à servir, elle s'assit à la table du voyageur après y avoir déposé deux petits verres d'alcool de poire. Ils parlèrent de la Capitale, où elle avait longtemps travaillé dans différents établissements avant de revenir s'installer au pays pour reprendre cet hôtel. Il n'était déjà plus à ce moment qu'un débit de boisson tenu par une vieille fille, devenue avec le temps une très vieille femme. Leur conversation mélancolique dura jusqu'à tard dans la nuit. Les bistrots et les cabarets parisiens devinrent les balises qu'ils laissaient défiler depuis leur mémoire pour se reconnaître dans les coïncidences des rues et des quartiers. Elle se leva pour prendre, sur le haut d'une étagère, une boîte à chaussures qui contenait des images découpées dans les pages d'anciennes revues. Elle les déposa une à une avec les gestes solennels d'une main alignant les tarots, non plus pour y lire un quelconque avenir mais retrouver, ensemble, les fragments de leur cité perdue.

HÔTEL

BUREAU N°21
ENTREE
PUBLIC

7

Les jours suivants, l'océan s'éleva avec une délicatesse caressante, implorant l'oubli de ses outrances. La chaloupe couchée sur la grève, les amarres rompues, avait accepté de regagner ses flots lorsqu'il était revenu jusqu'à elle pour se faire pardonner. Les hommes reprirent la mer après ces trop longues journées où aucune embarcation ne pouvait sortir du port. Les rames, les voiles et les moteurs retrouvèrent l'union de leur force puisée dans les bras, le vent et le gasoil.

Des coups de marteau dans le voisinage annonçaient des réparations sur les toitures et les abris ; ils réveillèrent le voyageur, qui dans les nausées d'un demi-sommeil rêva que ces élans de bâtisseurs se concentraient sur son corps. Le large miroir qui couvrait la porte de l'armoire renvoya à ses pupilles, maintenant ouvertes, l'agonie que ses costumes avaient chaque jour un peu plus de mal à dissimuler.

Son foie distendait ses chemises en une boule saillante et ses chaussures demeuraient béantes sur des pieds difformes. Il fut pris de vomissements, devenus habituels, non pas par le dégoût que sa chair lui inspirait – cela il l'avait accepté – mais par le soulèvement de son corps devenu flasque et qui fut autrefois constitué de tendons et d'os, de ces matières qui composent un être, qui le retiennent. Il régressait vers un corps simplifié, se différenciant de moins en moins du liquide qui le fit naître.

8

Les *tacs* successifs sur le palier, puis plus hésitants sur les marches marquaient la cadence du prélude au voyageur. L'hôtelière l'accueillit avec des paroles joyeuses, mais en l'apercevant au bas de l'escalier, sa figure avenante se couvrit d'un voile d'inquiétude.
Il connaissait bien cette expression, il l'avait vue tant de fois sur le visage de ses proches qui dans l'allégresse d'une soirée s'apercevaient tout à coup de la pâleur de ses joues, des éclipses dans ses yeux, de sa tristesse à faire peur et puis, sans rien laisser paraître, leur regard revenait de façon fugace s'inquiéter de son état.
Elle ne plaça pas le verre sur la table. Pour la première fois, elle usa des stratégies communes à tant de cafetiers, sourds à la commande de trop, occupés à l'autre bout du bar, se concentrant sur l'insignifiante conversation d'un client, jusqu'au moment où

le buveur éperdu renonce enfin, vacillant vers un chez-soi ou un plus loin.

Désemparé de ne pas pouvoir étreindre le verre que désirait chacun de ses doigts et d'y porter le froid baiser auquel ses lèvres aspiraient, il alluma une cigarette et chercha nerveusement à la surface des autres tables l'innocent cendrier qui lui était, lui aussi, refusé. Il fut surpris de trouver dans son champ de vision un cendrier qui s'avançait, tendu par une main sortant de la manche d'une veste de toile qui s'échancrait en biseau sur un visage d'homme debout, ne prononçant pas un mot. Le voyageur déploya les gestes de politesse caractéristiques de la culture viennoise qui était pour une part la sienne et il réussit à faire asseoir l'homme taciturne en face de lui. Il monta encore d'un registre la civilité de son propos pour le retourner cette fois-ci vers la patronne afin qu'elle leur apporte deux Pernod.

Ses yeux pétillaient d'une malice retrouvée, remerciant avec magnanimité l'hôtelière qui maugréait en déposant les liquides jaunes et blêmes à la table des deux convives. Revenue derrière son comptoir, elle observait pourtant la scène avec tendresse, elle percevait le flux virevoltant des paroles du voyageur, on ne voyait que son dos comme un chef d'orchestre

au torse légèrement courbé dont les bras de chaque côté dirigeaient des fugues passionnées. Face à lui, un unique auditeur, silencieux.
Elle se demandait ce que ces deux-là pouvaient bien avoir en commun : ce juif des confins de l'Empire austro-hongrois, exilé autrichien, apatride, devenu citoyen des hôtels, et celui qui ne parlait pas, ou qui ne parlait plus vraiment. Il était le veilleur de nuit du sémaphore à la pointe la plus excentrée du village. À la fin de son service, au lever du jour, il passait toujours par le café. Il savait qu'à cette heure-là, il n'y avait encore personne, les anciens ne venaient que plus tard dans la matinée. Il s'asseyait à une table au fond de la salle et repartait après avoir bu un verre, que les clients d'ici appelaient « cognac », mais qui n'était qu'une eau-de-vie, un peu trop forte, produite par un cidrier du continent. La patronne avait souvent essayé, par quelques mots convenus sur l'état de la mer, d'enclencher un début de conversation, il acquiesçait, mais rompait très vite le fil des phrases qui lui étaient tendues. Alors elle apprit à respecter sa solitude et il devint pour elle une des aiguilles plus fiables que celles de l'horloge qui ponctuait sa journée non plus de la mesure des heures, mais de l'arrivée et du départ des habitués.

Elle fut assez désappointée de découvrir la capacité qu'avait le voyageur d'arrêter le temps, puisque le veilleur dépassa de beaucoup la zone horaire qui faisait de lui un habitant de la nuit et non du jour où il s'attardait maintenant. Les cigarettes s'accumulaient dans le cendrier et les coupelles semblaient vouloir rivaliser avec le tas de cendres par leurs notes empilées. Ils se séparèrent un peu avant midi, sans un mot suffisamment haut pour que l'hôtelière en devine le sens. Depuis le comptoir, elle vit distinctement les lèvres du veilleur bouger de nombreuses fois. Une pointe de jalousie titilla son orgueil fondé sur ce que voulait dire « tenir un café », d'animer le flux des conversations et d'en maîtriser la dramaturgie. Les dons du voyageur étaient illimités, puisqu'en plus de retarder les horloges, il redonnait une voix aux muets.
La tempête paraissait n'avoir jamais eu lieu, tant ce début de printemps illuminait la journée. On installa au-dehors le banc, la table et même le parasol, mais le voyageur ne voulut pas sortir, il refusa les œufs brouillés qu'on lui proposait pour le déjeuner et n'accepta qu'un biscuit qu'il trempa dans un de ses verres d'alcool. Il resta longuement, abattu, le menton affaissé sur la poitrine. On l'incita à monter

dans sa chambre pour une petite sieste – qui lui ferait du bien –, mais depuis le départ du veilleur il semblait à bout de forces, comme après un diagnostic venant rompre une dernière espérance.
La patronne essuyait et rangeait les verres avec une telle habitude que son regard pouvait sans casse lever la surveillance de ses mains et se perdre par la porte grande ouverte parmi les scintillements de la mer. Sur le côté, elle vit le corps du voyageur basculer lentement de sa chaise et s'affaisser sans bruit sur le sol.

9

Il galopait, bondissant parfois pour éviter les flaques stagnantes, reliquat des submersions récentes qui encombraient encore certaines portions des ruelles trop proches de la plage. La patronne lui avait demandé de courir le plus vite que ses jeunes jambes de commis le permettaient pour retenir le docteur qui devait être encore à l'embarcadère, s'en retournant sur le continent après ses visites. Il l'aperçut de loin qui enjambait le quai pour prendre place dans le canot du passeur. À bout de souffle, il cria :
« L'Allemand est mort. »
En cette fin d'après-midi, le passeur, n'ayant que le médecin comme passager, pensa qu'il était aussi de son devoir de l'escorter jusqu'à l'hôtel. Les rideaux s'écartèrent au passage du cortège bien aligné avec, ouvrant la marche, les sabots sonores du passeur suivi du médecin, de sa sacoche et du commis.

On mena le docteur jusqu'à la chambre du voyageur, où le mort était assis sur le bord de son lit, un peu hébété, ne comprenant pas comment il s'était retrouvé à l'étage. Il semblait chercher quelque chose autour de lui sans que le mot désignant l'objet lui revienne. La patronne comprit qu'il avait besoin de ses lunettes. On se mit à plusieurs pour les repêcher entre les pieds de la table où elles avaient glissé au moment de sa chute. Quand elle remonta, il était étendu sur le lit, apaisé, sa chemise entrouverte. Le docteur rangeait déjà ses instruments, dont une seringue qu'il capuchonnait et plaçait dans une des boîtes métalliques ferraillant avec douceur contre les flacons de verre qui emplissaient le ventre dilaté de son sac. Il s'adressa à l'hôtelière et lui expliqua qu'il repasserait le lendemain pour apporter des gouttes pour les yeux. Elle ne posa aucune question concernant ce soin qui lui parut inadapté par rapport à ce qui venait de se passer et puis, quand le docteur prononça les paroles emmiellées dont usent les prêtres au seuil des grabats, elle comprit. En descendant l'escalier, le médecin pour toute prescription complémentaire proposa qu'on lui apporte avant la nuit un petit verre de cognac et que le rôle de la patronne soit aussi désormais celui d'apothicaire ne privant pas le patient de ses médicaments, mais essayant au mieux d'en équilibrer la posologie.

10

... Les vagues se faisaient malicieuses. Elles profitaient que les hommes se soient placés du même bord et que le hissage du filet pèse sur l'inclinaison de la pinasse. Elles se glissèrent entre la surface et cet angle ouvert au ras de la coque inclinée, jouant de brefs coups d'épaule et du gonflement de leur dos pour rappeler leur pouvoir de chavirage.
Les pêcheurs compensaient instinctivement par le poids et la courbure de leur corps cette balance irrégulière, recalculant à chaque instant son point d'équilibre. Le filet raclait le plat-bord répercutant dans les bras les à-coups au passage des poissons entravés. Un geste vif permettait en général de les détacher et de les faire choir dans le fond du navire, où stagnait une eau teintée d'écailles et de fragments d'algues. Certaines prises plus conséquentes demandaient qu'on les saisisse par les yeux les étirant à travers la maille qui gardait à

son pourtour une grasse traînée de musc. Un lancer habile répartissait les tailles et les espèces en différentes caisses, où le raidissement semblait être l'adaptation physiologique toute naturelle des poissons à leur alignement dans ces parallélépipèdes de bois...

11

La large étendue de dunes vierges qui s'étirait sur des dizaines de kilomètres vers l'est était administrée par la Marine. Depuis plus d'un siècle, ce terrain militaire était affecté aux essais des pièces d'artillerie qui équipaient les cuirassés. Chaque semaine des tirs en mer ou à terre cloîtraient les habitants accoutumés aux vibrations et aux échos puissants des bouches de canon expulsant leurs obus. Une publication dans les journaux locaux annonçait en amont les heures et les zones interdites à la circulation et à la navigation. Depuis l'effondrement de la digue tout était interrompu, laissant le village vivre un temps de paix suspendu à l'activité des norias de camions déversant des roches empilées et calées au plus serré par des engins mécaniques que les enfants étaient venus observer aux limites de leur île.

Les *tacs* sur le palier firent naître un sourire de soulagement sur les lèvres de la patronne, ce qui vexa le marin accoudé au bar qui reprenait le récit de la noyade de son mousse lors d'un retour de pêche, il y a plus de trente ans. Il en était à relater le moment le plus difficile de l'annonce à la mère de l'enfant, quand ce sourire inapproprié s'afficha sur le visage de sa confesseuse. Boudeur, le retraité accueillit avec dédain cet étranger qui ne tenait pas la marée : boire était partie prenante d'un savoir et d'une culture qui devaient maîtriser l'alcool comme on maîtrisait la mer.

Le voyageur avait fixé à la base de son cou un nouveau nœud papillon. Il souhaitait faire de cet inédit ruban ailé le signe d'un abandon, celui de la sombre chrysalide de la veille. Il s'installa à sa place habituelle après avoir salué l'assemblée, qui lui répondit par des grognements sans lever les yeux de son mutisme. L'hôtelière ne fit aucune allusion à l'évènement du soir. Elle déposa à sa table, en plus du verre de mirabelle, un journal finement plié, une édition de la Capitale qu'elle avait commandée pour lui – une surprise en somme – un possible recueil de souvenirs qui, elle l'espérait, leur permettrait de partager à la veillée leur ville et le monde.

Les sabots du passeur résonnèrent sur l'étroite bande empierrée séparant l'hôtel de sa plage. Enveloppé de la solennité qui hissait chacune de ses tâches à la hauteur d'une mission, il se dirigea vers le bar, se retourna vers le voyageur pour vérifier son éloignement suffisant et de la voix étouffée d'un conspirateur, confia son message à la patronne en déposant sur le zinc un délicat flacon de verre et une feuille de papier scarifiée d'une encre noire. Il refusa le petit verre qu'on lui proposait, invoquant le nombre de navettes qu'il avait encore à effectuer ce jour-là.

Elle lut attentivement la prescription de ce traitement contre l'inflammation de la cornée qui altérait progressivement la vue du voyageur et, avec l'autorité naturelle d'une infirmière, lui imposa de basculer la tête en arrière. Elle coupa court à toute question avec un : « c'est pour votre bien », auquel il se soumit avec une félicité enfantine retrouvée. Cette opération devait être renouvelée plusieurs fois par jour et l'énoncé à haute voix de la chute des trois gouttes à déposer dans chaque œil devint contagieux pour l'assemblée des buveurs qui en accompagnaient le décompte dans le silence de la salle.

Pour la première fois, lui, l'ennemi du soleil, accepta de passer toute l'après-midi sous son parasol. Il s'y tint comme un crabe au fond d'une anfractuosité rocheuse attendant le retour de la marée. Il observa les enfants qui prenaient leur premier bain, s'éclaboussant d'une eau encore froide, jouissant de son apaisement temporaire avant que la vie océane ne destine la plupart d'entre eux un jour à s'embarquer. Après le dîner, l'hôtelière se réjouissait déjà du départ du dernier client, elle avait préparé sur un plateau deux petits verres et elle allait y verser son meilleur alcool de poire, quand un bruit de roue ferrée se fit entendre au-dehors. Le voyageur se tourna vers elle, visiblement heureux : « Je crois que c'est mon carrosse qui s'annonce. »

12

Il se dirigea vers la porte avec l'assurance un peu surjouée des adolescents qui revendiquent leur liberté en passant une première nuit à l'extérieur du cocon familial. Il posa son chapeau sur sa tête, le soulevant aussitôt pour souhaiter le bonsoir à la patronne ébahie, la bouteille de poire entre les mains. Elle se précipita à la fenêtre pour apercevoir le veilleur du sémaphore qui maintenait une brouette dans laquelle s'asseyait déjà son passager. Quelques rideaux s'écartèrent sur la pérégrination de cet équipage jusqu'aux dernières maisons du village, ensuite on ne distingua plus que le son décroissant de la roue qui s'éloignait vers le sémaphore.

Assis dans son véhicule, le voyageur tournait le dos à leur destination, il avançait à reculons, ne découvrant les choses qu'une fois qu'il les avait dépassées. Au bout du chemin, en pénétrant dans le lieu, il eut la sensation de remonter le temps. Dans la pénombre naissante, il distinguait d'épais murs de granit, ceux d'un bastion comme il s'en bâtissait il y a plus de deux siècles pour défendre la côte des invasions venant de la mer. Ils s'engagèrent par un étroit défilé entre de hautes parois ouvrant sur des salles voûtées, hésitantes quant à leur attribution initiale entre geôle et poudrière. Le veilleur s'arrêta et tendit les bras pour aider le voyageur à s'extraire de la brouette. Une fois debout, il regarda de droite et de gauche et parut déçu de se retrouver dans cet enclos enterré, alors le veilleur le fit pivoter sur lui-même pour découvrir le sémaphore qui se détachait par sa masse claire et sa hauteur.

Le veilleur invita son passager à prendre place dans une petite nacelle qui pendait à un câble le long du bâtiment puis il gravit les escaliers en colimaçon qui permettent d'atteindre le sommet. Le voyageur perçut alors le cliquetis d'une manivelle s'activant au fur et à mesure qu'il se sentait hissé dans le vide. Il serrait sa canne entre ses mains, bien qu'avec la distance qui le séparait maintenant du sol, elle ne lui servît plus à rien. En bout de câble, une poigne assurée fit pivoter le bras du monte-charge et c'est ainsi qu'il prit pied en haut de la tour de vigie.

Les fenêtres couvraient le pourtour de la chambre de veille comme autant d'yeux ouverts sur la mer ; elles recevaient ce soir-là l'étrange spectacle de la lune pleine illuminant l'aire où se perdait la vue. Le voyageur se tenait immobile. Bouleversé par ce théâtre d'ombres, il se laissa traverser par cette gigantesque lanterne magique, éteignant les dernières particules opaques de son corps-écran.

Le veilleur, debout à son poste de guet, prolongeait son regard par d'imposantes jumelles avec lesquelles il balayait l'horizon. Il figea plusieurs fois au cours de la soirée son mouvement circulaire pour identifier une coque éclairée de feux dérisoires se discernant à peine parmi les flammèches à la crête des vagues. Il invita son hôte à venir s'asseoir à ses côtés, au centre de la pièce. Il approcha la main de la table, le pouce et l'index enchâssés dans ce qui sembla un instant du cristal de roche. Il déposa les deux petits verres et une bouteille contenant un fond d'alcool qu'il répartit équitablement en chacun d'eux. Un poste émetteur-récepteur, comme ceux que possèdent les navires, émit des grésillements et il communiqua aux autres sémaphores – qui le précédaient et le suivaient le long de la côte – la position des navires, nommant ceux qui entraient dans la rade pour accoster au port de commerce ou au port militaire.

Le veilleur brancha sur la radio des écouteurs qu'il tendit à son invité. Il tourna posément un large bouton de bakélite noire pour ajuster la fréquence et capter les lointaines voix de l'océan, où ne se devinaient que quelques bribes de mots dans des langues différentes, des mots nocturnes venant d'hommes de quart à la passerelle de leur navire. Le voyageur sortit son stylo de la poche intérieure de sa veste et restitua avec une concentration extrême les paroles que ces êtres éloignés, seuls, si seuls au cœur de la masse liquide, lançaient vers la terre.

Parfois, le guetteur se retournait pour observer son invité. Tel un Ulysse vaincu, n'espérant pour lui-même plus aucune Ithaque, il semblait saisi par une urgence qui lui faisait transcrire d'une écriture microscopique les signes d'un possible ailleurs, vers lequel naviguaient d'autres hommes.

Au lever du jour, le veilleur raccompagna le voyageur, qui s'endormit dans la brouette. Enfant bercé par le roulis de son landau, il serrait sur sa poitrine ses feuilles ensemencées de lointains.

13

... Quand la lune aspire la mer au plus bas, reprenant son souffle, une masse sombre émerge au large de la plage, que l'on pourrait croire s'accorder à des rochers, si ce n'étaient ses formes rectilignes où se dessinent encore les restes brisés d'un puissant cuirassé. Au lendemain de la guerre, ce navire allemand, rescapé de batailles navales, fut attribué à la France selon les modalités de dédommagement. Après une errance de port en port pendant plus d'une année, il fut décidé d'en faire une cible en mer pour étudier les impacts sur sa coque. Des obus le perforèrent, mettant à mal sa flottaison, un remorqueur le traîna encore jusqu'à un point d'échouage, où d'autres tirs achevèrent de briser son corps en deux. Un ferrailleur découpa au chalumeau l'édifice de fer, ne laissant tendues vers la surface que les hautes bielles de la salle de ses machines...

14

Une déflagration traversa le café de part en part, achevant sa partition dans les sonorités aiguës des bouteilles et des verres qui s'entrechoquaient. La patronne ironisa qu'elle n'avait pas encore trouvé le bon espacement entre eux, puisqu'à chaque tir de canon, le bar se transformait en carillon. Le voyageur s'était tourné vers elle et cherchait visiblement plus d'explications. Aucun des autres consommateurs n'avait subrogé à son silence coutumier, tous paraissaient ne capter les soubresauts du monde qu'à travers les ondes circulaires à la surface de leur verre. L'hôtelière vint s'asseoir à la table du voyageur, avec la démarche chaloupée d'une meneuse de cabarets qui rejoint la salle son numéro terminé, choisissant le client le plus mélomane afin de convertir son enthousiasme en bouteilles de champagne. Elle déshabilla son récit avec l'accent mutin d'une ancienne danseuse légère, raillant la Marine qui ne pouvait pas attendre que la route soit rétablie pour reprendre ses essais et faire tonner à nouveau ses maudites batteries d'obusiers… puis il y eut une autre canonnade et il la vit devenir plus pâle, soudain vieillie… mais elle se reprit aussitôt en lançant une allusion salace sur les militaires et leurs affûts de canon dressés vers le ciel.

Elle annonça à la cantonnée qu'il fallait de la musique pour couvrir cette fanfaronnade de 11 novembre. Elle parlait trop fort, se gargarisant d'une rhétorique bravache en remontant la manivelle du vieux gramophone au discret pavillon. Une mélodie lointaine s'éleva dans la salle du café. Les bras de la patronne, qui s'agitaient il y a encore quelques instants, s'affaissèrent. Le disque trop écouté, usé, émettait davantage le son des raclements de l'aiguille que les paroles de la chanson. On entendit alors un chant profond qui montait de tout son corps de femme, elle luttait note à note pour compenser l'effacement mécanique qui asservissait la voix, elle l'accompagnait comme on maintient un blessé, le soutenant pas à pas pour l'extraire du champ de destruction.

Le voyageur connaissait bien ces îlots de passé où par temps gris chacun rejoint ce qu'il y a perdu. Lui, il naviguait sur l'alcool, elle sur l'air d'une chanson et il ne voulut pas la gêner juste au moment où elle allait retrouver le jeune homme de vingt ans que la guerre lui avait pris. Il sortit et marcha jusqu'à son banc, qu'il dépassa pour s'avancer au bord de l'eau. Le sable trop fin, mouvant sous ses pas, rendait difficile sa progression. La zone humide, plus ferme, lui permit de s'approcher de cette immensité insaisissable. Il pensa ironiquement que sur cet univers liquide, aucun pays boursouflé par son orgueil de nation ne pourrait jamais édifier des frontières, pourtant quelque chose en lui résistait encore à ce que l'océan lui proposait. Il sentait ses pieds s'enfoncer agréablement dans le sable, résultat de tant de dispersions, de dégradations et de soumissions. Il était comme une roche isolée qui se contracte face à la vague sur chacune de ses particules. Une dernière peur le retenait de se dissoudre. Il remonta lentement vers la terre solide, là où l'Histoire règne, dure comme de l'acier.

15

... Elles roulent noyées parmi les algues rejetées par la marée, formant lors des plus grandes amplitudes des amoncellements de varechs, de cordages et de lignes rompues, ligaturant le corps de grands oiseaux pourrissants sous les échauffements du soleil en de fétides macérations. Le sable, désolé, les recouvre d'une chape où bondissent des puces de mer, que les bécasseaux viennent picorer à petits pas précipités de corps de ballet. Ils traversent la scène sur les pointes pour échapper aux amples évasements des nappes d'eau qui étendent leurs caresses, gagnant à chaque retour un peu plus de peau. Pour se faire pardonner, l'Océan emporte dans ses replis les dépôts de ses accès de rage des précédents jours, comme un alcoolique repentant qui essaie de réparer le carreau brisé et la table cassée la nuit précédente. Mais l'écume baveuse au coin de ses lèvres contredit cette volonté. Et déjà les

rouleaux torsadés se replient sur eux-mêmes pour contenir cette fureur que la lune libérera à nouveau, lorsqu'elle apposera sa puissante empreinte sur toute chose faite d'eau...

16

Le directeur de la conserverie de sardines possédait l'une des seules voitures de la commune. La route étant maintenant coupée, son véhicule lui était devenu bien inutile au regard de la superficie de l'île, que l'on avait vite fait de traverser à pied, même dans sa diagonale la plus étirée. Son père avait créé cette usine à la fin du siècle dernier et il en avait hérité la charge. Déjà enfant il craignait l'océan et goûtait peu cette étendue qui assujettissait la communauté à ce seul horizon. Il se raccrochait désespérément, comme un sursitaire, au terme de presqu'île, la digue était sa seule échappatoire, sa rampe de lancement. Elle accueillit dès l'adolescence ses fugues cyclistes, puis vint le temps des autos et des nouvelles libertés. Sous couvert de livraisons ou de démarchages auprès des épiciers des communes voisines, il s'enfonçait toujours plus loin dans les terres, savourant chaque courbe du paysage, chaque virage comme autant d'artères et de veines activant le flux de son sang.

Sa passion automobile, ou plutôt sa passion pour son automobile, le retenait de longues heures à son entretien. Il maudissait cette injonction professionnelle qui l'obligeait à résider sur ce bout de terre émergée, soumis en permanence à un air humide, comprimant son corps dans l'étau de rhumatismes naissants et qui, chargé de sel, corrodait en de nombreux points de rouille l'objet de sa ferveur. Le garagiste du continent lui avait conseillé, après la rupture de la digue, de la faire tourner régulièrement pour le bon fonctionnement de tous ses organes. Il prit ce conseil au pied de la lettre et accomplissait presque quotidiennement le tour de l'île selon un circuit qui passait nécessairement par l'hôtel, ce qui donnait à cette circumnavigation au moins une escale.

C'est la patronne qui eut l'idée de réunir les deux aventuriers, prétextant que son hôte ne connaissait pas le village et que l'automobile serait un parfait moyen. Le directeur de la sardinerie reçut la proposition comme un Robinson à qui on vient d'annoncer qu'il lui serait adjoint un compagnon pour la journée. Une excursion fut décidée pour l'après-midi même, ce vendredi. Dès 13 heures, le chauffeur était déjà dans la salle du café, impatient de se faire le guide touristique de sa cellule insulaire. Avant le départ, le voyageur s'était imaginé octroyer un temps suffisant au cérémonial de bénédiction de l'expédition par d'amples libations rituelles, mais le chauffeur s'était à peine assis, avalant d'un trait le Pernod que son passager avait commandé, que déjà la main s'était reposée sur la poignée de la porte, il invitait son compagnon à rejoindre la voiture garée devant l'hôtel.

L'équipée s'accomplit en des cercles successifs, passant et repassant plusieurs fois par les mêmes ruelles et chemins, de manière à accorder au voyage un parfum de lointains dans les ressassements d'une impossible périphérie. Les enfants tournent ainsi sur eux-mêmes, jusqu'au moment de vertige où c'est alors le monde qui gravite étrangement autour d'eux. Le voyageur reconnaissait les mêmes quartiers, les mêmes maisons et ne souhaitant pas déroger à sa politesse habituelle, il souleva son chapeau pour saluer au troisième passage consécutif la vieille femme qui se reposait sur un banc de pierre au seuil de son logis.

Soudain, à l'approche de l'église, le conducteur dut freiner un peu sèchement. Une cérémonie ou une procession religieuse en sortait, réunissant des femmes, toutes vêtues de noir, et quelques hommes, le visage pénitent incliné sur leur casquette qu'ils tordaient entre leurs mains comme des garnements pris en faute. En tête de cortège, des porteurs maintenaient un brancard en équilibre sur leurs épaules. La maquette en bois peint d'un navire y dressait sa mâture, représentant un de ces grands trois-mâts qui furent autrefois les géants des mers pour la pêche à Terre-Neuve avant que les vapeurs, puis les chalutiers, achèvent de les remplacer à la surface du globe.

Le voyageur fut surpris que l'on mène ainsi en procession des bateaux ex-voto plutôt que des statues de personnages bibliques. L'époque avait choisi cette étrange focale, les véhicules étaient les nouveaux acteurs des évènements. La silhouette d'un navire à l'horizon ou sa carcasse échouée sur le rivage disaient la vie ou la mort des bateaux, effaçant au regard les hommes en leur sein.

Lentement, l'auto prit sa place à la suite du cortège et chemina une ultime fois, pieusement, les roues dans leurs pas, jusqu'à l'hôtel.

17

... Le premier rai pénétra par l'angle de la fenêtre. Il glissa sur le mur avec une lenteur qui feignait l'immobilité, flattant la paroi, froide à ses caresses. La surface chaulée avait depuis longtemps perdu l'attrait de sa blancheur. Bientôt, d'autres lueurs vinrent le rejoindre et les voilà qui s'unirent en faisceau parmi les verres du bar. Dans l'hallali des premiers éclats, ils se diffractaient avec une jouissance affolée sur les bouteilles d'alcool, saisissant l'opportunité de chaque facette pour se projeter au cœur des liquides parmi les irisations colorées. Ils s'y habillaient d'ambre et d'azur, se noyaient dans les dépôts miellés puis retrouvaient une virginité au plus profond des essences cristallines avant de s'annihiler un à un dans le jour qui s'élevait au-dehors...

À l'angle de la pièce, un pan de mur étroit accueillait, sous le calendrier des postes, un article de journal et sa photographie d'un bateau de pêche à quai. L'arche du pont que l'on distinguait à l'arrière-plan du navire le surprit. Il y reconnaissait le pont des Invalides. L'article en donnait l'explication : pour l'Exposition internationale de 1937 à Paris, on avait fait venir d'ici un thonier et son équipage. Ils avaient navigué pour rejoindre l'embouchure de la Seine, ils durent démâter pour franchir les ponts puis furent remorqués jusqu'au centre de la Capitale. Le navire retrouva alors son gréement, déployant les jours sans vent sa voile de couleur brique. Pendant les mois que dura l'exposition, les membres de l'équipage jouèrent aux pêcheurs bretons devant les badauds. La patronne lui expliqua que le thonier ne fit jamais le voyage de retour, il fut vendu sur place et, aux dernières nouvelles, il servait de guinguette flottante sur les bords de Seine.

Sa bouche était sèche, il s'enquerra du solide tonnelet qui trônait à l'arrière du zinc et qu'il croyait, depuis son arrivée, posé là pour servir de décoration pittoresque. Mais l'inscription à la craie « Réserve du capitaine » anima sa curiosité. Elle lui servit un verre tiré à la cannelle de la petite cuve et il vit surgir sur le visage de la patronne le plaisir de la conteuse s'apprêtant à dire une nouvelle histoire. Il comprit alors que chaque élément du décor, réuni sur la scène de son comptoir, n'était là que pour faire naître le partage de souvenirs.

Il y avait à peu près quatre ans de cela, un petit cargo norvégien avait serré de trop près les roches qui annonçaient l'entrée de la rade où il devait faire escale. Il resta échoué de longues semaines et finit disloqué par les vagues avant qu'une tempête n'entraîne ses restes vers les hauts fonds. Les premières nuits du naufrage, les villageois eurent le temps d'aborder l'épave avant que les gendarmes ne surveillent le site. L'armateur réussit ensuite à faire débarquer une grande part de la cargaison, mais ils ne retrouvèrent plus le tonnelet d'arack que le capitaine du navire gardait dans sa cabine pour sa consommation personnelle. Il ne réapparut que pour faire partie du cabinet de curiosités du café, parmi les objets exotiques ramenés de voyages au long cours par les marins de la marchande – des branches de coraux, un crâne d'albatros, un rostre d'espadon, de gigantesques coquillages – et que l'hôtelière aimait mettre en scène l'été face à la crédulité des touristes, en leur décrivant les mondes sous-marins les plus fantastiques, des Léviathan peuplant les profondeurs, un peu au-delà des trente centimètres au mollet que les apprentis nageurs craignaient de dépasser.

Le voyageur ranimait une dernière fois l'écrivain qu'il fut tout au long de son existence. Il aimait ces récits des bordures. Paradoxe d'une époque à l'échelle de ces deux masses puissantes et totalitaires que sont le continent et l'océan, qui se frôlent, s'unissent et s'affrontent, se caressent et se violentent et ne laissent chaque jour de leurs ébats qu'un modeste dépôt en des fragments disparates sur le rivage. Les évènements en avaient fini avec lui, et le repoussaient jusqu'à cette limite, au bord du monde, sur cette ligne de forces contraires et désespérément complémentaires où la terre refoule et la mer rejette.

18

... Les tuyaux d'air comprimé ondulaient sur le sol depuis le poumon artificiel du compresseur jusqu'au perforateur maintenu par deux hommes qui en domptaient les pulsions désordonnées, obligeant la longue mèche à rester concentrée sur le forage de la paroi. Une fine baguette enfonça ensuite les bâtons de dynamite au plus profond des trous obtenus, laissant seul l'artificier, dans un complet silence, étendre les câbles électriques reliant les détonateurs au boîtier de l'exploseur. La pression verticale sur la manette étirée ouvrit les entrailles de la Terre. Le nuage de particules saturant l'air se retirait plus ou moins vite selon l'orientation du vent présent ce jour-là, autorisant alors les hommes à rejoindre la carrière pour entreprendre le chargement des roches dans les camions aux reins brisés qui les mèneront jusqu'à la digue...

19

On lui avait souvent dit qu'il avait des mains de joueur de cartes, elles étaient fines et délicates, mais les tremblements qui les agitaient le condamnaient à n'être qu'un piètre magicien laissant fréquemment choir la cendre de ses cigarettes sur sa chemise avant qu'elles n'atteignent les cendriers. Il s'agaçait, après l'avoir balayé dans un sursaut, de découvrir les perforations que des rougeoiements incandescents avaient fait subir à ses vestes et ses pantalons.

On avait confié ses habits troués à une jeune brodeuse qui en retissa les fibres, obstruant les cicatrices. Devant le haut miroir, il ironisa sur ces reprises en déclarant à l'hôtelière, qui faisait sa chambre, qu'on lui avait vendu des costumes récupérés sur le corps de fusillés. Le voyageur était charmé de l'accueillir chez lui ce matin-là. Il retira de l'armoire une de ses valises et l'ouvrit en déployant sur les draps blancs des montres et des couteaux qu'il collectionnait au gré de ses voyages et les présenta une à un à la femme qui s'était assise sur le lit à ses côtés. Il choisissait une montre et la plaçait avec douceur contre l'oreille de l'hôtelière, puis une autre, partageant la musique singulière qui sourdait de chacun des boîtiers, alors qu'ils étaient pourtant calés mécaniquement sur la même mesure de temps. Ses mains tremblantes se firent ensuite inaptes, il ne put ouvrir aucun des couteaux, ses ongles glissaient et ne trouvaient pas la force de déplier les lames. Il était comme un jeune garçon aux gestes maladroits face à la fille qu'il souhaite impressionner, s'enveloppant dans d'immatures parades masculines, reconnaissant dans ces couteaux les premières armes qui incombaient aux hommes pour se préparer à la guerre. Elle se leva, s'excusant d'un ménage à finir, confuse pour lui, pour elle, pour eux, face à ces impuissances qu'il étalait sur le lit à travers ces puériles amulettes.

De retour dans la grande salle du café, elle plaça sur sa table habituelle la première des Suze matinales, elle y adjoignit à nouveau un quotidien de Paris que son commis était allé chercher à l'embarcadère aux premières heures parmi les livraisons.

Aucun *tac* ne vint heurter le palier ni l'escalier ce jour-là. Le voyageur avait laissé sa canne dans sa chambre et rejoignait sa table en cherchant appui sur un angle de mur puis sur un dossier de chaise, évaluant le franchissement de l'espace vide entre lui et sa destination comme l'on se retient avant de s'engager sur la passerelle d'un navire ou l'étroit pont de corde surplombant un abîme. Au bout, il se laissa choir lourdement sur sa chaise.
Troublés de ce qui s'était passé dans la chambre, semblables à deux amants ne sachant comment renouer par un mot ou un geste le lien rompu après la toute première dispute, il se retira dans son coin, elle s'égara dans de futiles rangements.
Il sortit difficilement de sa poche un de ses canifs et fit passer la lame au long des plis du journal, disposant les fragments ainsi découpés en de délicats empilements. Son dos se courba plus encore vers la table, concentré sur une tâche que la patronne ne pouvait deviner depuis son comptoir.
Quand elle revint pour déposer le verre suivant, elle découvrit au-devant de lui une armada de navires réalisés en pliage avec les pages du journal. Il hésitait à se retourner vers elle, mais comme elle restait là, il se hissa d'un regard jusqu'à son visage.

20

... Des conversations tendues, puis usées, parfois désespérées, traversaient les tables de la salle du café. Les pêcheurs confrontaient des nouvelles d'autres ports plus au sud avec le constat que faisaient les chaloupes chaque jour au retour à quai : les sardines n'étaient pas revenues cette année. Quatre ou cinq navires s'étoilaient encore à l'aube dans des directions différentes avec l'espoir que l'un d'entre eux croise la migration d'un banc. Quelque chose s'était rompu du pacte immémorial qui unissait les hommes aux poissons en ces épousailles saisonnières le long des côtes. Le directeur de la conserverie, qui s'attardait au comptoir, en avait perdu le goût des voyages. Faute de matière première, il avait dû renvoyer chez elles l'ensemble des ouvrières. L'usine restait vide et silencieuse comme elle ne l'avait jamais été. La patronne du café Kernec, qui savait pourtant

gérer les débordements ou les accablements de ses clients, s'était emportée quand un des marins crut bon de rabâcher le sermon opportuniste du curé, accusant derechef les dérives morales de l'État républicain contre mère l'Église et affirmant que la situation n'était qu'une juste punition divine. Une plus grande unanimité se fit sur les tirs de canons, dont les ondes violentes – que l'on sentait fortement sous les pieds et dans la poitrine – devaient toucher aussi les poissons, qui s'effrayaient de ces explosions et détournaient leur nage vers les hauts fonds. Pourtant la Marine ne fut pas toujours l'ennemie des pêcheurs, on se souvenait encore de l'année où un important groupe de marsouins s'étaient établis sur cette partie de la côte, faisant fuir le poisson. Le maire sollicita alors les instances maritimes et l'amirauté missionna un de ses patrouilleurs pour chasser les cétacés. Les marsouins tués pour certains au fusil et d'autres à la mitrailleuse s'échouèrent après plusieurs jours, la plupart dans un état trop avancé de décomposition pour y prélever de la viande. Un bûcher fut dressé sur la plage et on brûla les corps. Une forte odeur de graisse calcinée s'éleva en un fanal incandescent effrayant l'océan pour plusieurs nuits...

21

Le voyageur s'avança jusqu'au banc de bois que l'on avait placé pour lui au-devant de l'hôtel. Un vieil homme, dont il ne distinguait que le dos, y était déjà assis et, plutôt que de retourner à l'intérieur s'installer à sa table, il vint se placer aux côtés de l'inconnu. L'homme âgé ne lui porta aucune attention et sembla même ne pas avoir entendu le « bonjour » qui lui était adressé.
Le voyageur se tenait droit, il tortillait sa moustache, un peu intimidé, ce qui n'était pourtant pas son habitude en présence d'autrui. Il plaça son regard dans le même axe que son voisin de banc, vers l'océan, qui s'affichait ce matin-là dans les nuances de gris des toiles peintes qu'utilisent les photographes comme arrière-plan pour les portraits de famille. Le voyageur abaissa lentement la tête, conduisant son regard tout d'abord sur ses mains diaphanes qui enveloppaient le pommeau de sa canne. Ses yeux

longèrent ensuite la tige vernie jusqu'au sol, sans s'attarder sur ses chaussures délacées qui contenaient la douleur de ses pieds gonflés, ils rejoignirent aussitôt les lourds sabots d'à côté, couverts par les rabats d'un pantalon de coton d'une couleur qui fut autrefois bleue, mais dont l'usure de la toile par le soleil et l'eau avait ramené les teintes à un gris de cobalt tissé de jaune. La partie couvrant les fémurs s'était vue adjoindre des pièces de la même étoffe, mais à l'effacement moins prononcé que le reste du pantalon, elles remontaient jusqu'aux cuisses, l'usure aux genoux ayant nécessité des rapiéçages successifs, collectés sur les parties latérales, donc moins frottées, d'anciens vêtements de travail. La veste qui habillait le torse de l'homme offrait une composition équivalente de fragments délicatement joints, mais le tout dans une tonalité de rouges qui, là aussi par gommage, se distribuaient dans une palette allant de l'ocre au rose.

Une crainte retint le voyageur, dans l'élan où ses yeux se trouvaient, de rejoindre le visage de l'inconnu. Il se raidit à l'idée que des traits puissent y fixer une quelconque identité. Il redirigea dès lors son regard en oblique vers le bas, jusqu'au bout des manches de cet Arlequin. Il sentait au plus profond

de lui que seules les mains devaient apparaître, qu'en leur creux se trouvait le lieu originel où tout pourrait recommencer.
On naît de tout le corps d'une mère, mais on naît de son père par ses seules mains, ce sont elles qui reçoivent, soulèvent, et portent, même maladroitement. Un homme comprend combien la force que le monde a placée dans ses bras n'est pas adaptée à ce petit corps exténué qui, à sa naissance, ne peut maintenir le poids dérisoire de ses membres et de ses organes.
De son regard caché, le voyageur implorait. Du bout de ses quarante-cinq années de vie, de l'extrémité de son corps détruit par l'alcool, il désirait être à même de renaître entre ces mains-là, sentir sur sa peau la promesse d'un monde à venir, grandir encore entre les nodosités calleuses de ces doigts-là, au creux de cette puissante pince de crabe qui pourrait le broyer si elle le voulait, mais qui se retenait dans l'instant même où le père reconnaît son fils.

22

... Des bateaux ayant croisé sa route, la nouvelle parvint à terre avant que la chaloupe ne soit de retour. Alors, tout ce qui se déplaçait dans le village, même à pas lents, était venu jusqu'au rivage assister au débarquement. Aucune agitation particulière ne traversait la petite foule regroupée sur la grève, habituée qu'elle était depuis toujours à contenir joie et peine dans une invariable solennité. À l'abord de la plage, le mousse et un matelot sautèrent à l'eau pour maintenir la proue du navire dans l'axe de la vague. Quelques hommes s'approchèrent pour aider les marins qui soulevaient de toute leur force un corps massif, étrange et monstrueux. L'angle du bord s'effrita sous le raclement des trois cents kilos de la bête. Elle agitait par moments ses nageoires, brassant l'air à la façon d'un enfant à qui l'on fait répéter les gestes de la nage à plat ventre sur un tabouret.

Avec l'aide de cordages et de la détermination des plus solides matelots, on déposa la tortue luth sur le sable. Le savoir précis de l'espèce et de son poids, tout cela on ne le partagea que bien plus tard. La tortue géante s'était empêtrée dans un des filets, loin au large, et il avait fallu de longues heures à l'équipage pour la hisser à bord. De mémoire d'îlien, c'était la première fois qu'une telle capture avait lieu sur ces côtes. Les anciens restituaient parfois le souvenir de l'échouage d'une baleine, mais pas la présence de tortues et surtout de cette taille. Elle gisait maintenant épuisée sur le sol, des grains de sable s'étaient collés à ses yeux larmoyants et à toute sa longiligne carapace de cuir encore humide. Les marins et les villageois avaient fait cercle autour d'elle, à distance respectueuse, avec la même inquiétude viscérale qui les retenait de s'approcher des trous où l'on enfouissait les cercueils...

23

Il avait plu tout le jour, une de ces pluies fines et douces qui trament le paysage d'imperceptibles gouttes qui finissent par s'effondrer en coulées de larmes sur les vitres. Le voyageur était resté à sa table, le regard fixé sur l'image aquarellée du dehors. Il avait beaucoup bu.

Il demeurait seul au moment où la patronne se retira dans la cuisine. Il refusa le dîner qu'elle se proposait de partager avec lui. En sortant, elle tourna l'interrupteur pour éclairer la salle devenue sombre, mais il lui demanda d'éteindre, cette demi-obscurité apaisait ses yeux. Elle insista pour laisser au moins la radio allumée afin de rompre un peu la tristesse de ce début de printemps au climat de Toussaint.

Le poste diffusait des chansons à la légèreté stridulante, tout comme la voix qui présenta ensuite les actualités, dont celle annonçant l'entrée des troupes de la Wehrmacht en Autriche, sans aucune

résistance, sous les acclamations de la population rassemblée, entérinant désormais l'annexion du pays au Reich allemand.
Il se leva, blême et raide. Il réussit à marcher jusqu'à l'arrière du comptoir pour couper le poste et éteindre enfin cette voix. Il se saisit de la bouteille de cognac restée sur le zinc et rejoignit sa place pour boire, démesurément.
L'hôtelière à son retour s'aperçut de son état et le sermonna en surjouant la fâcherie. Elle voulut lui soustraire la bouteille, mais il s'y accrocha. La poigne assurée de la patronne dégagea sans effort le flacon de son emprise, alors comme fou, de ses deux mains étiques, il saisit la femme à la gorge.
Il rouvrit les yeux et, traversé par une vive brûlure, il desserra instantanément la faible pression de ses doigts, effaré de ce que ses mains venaient de faire. Il s'effondra sur sa chaise, balbutiant des mots qui se voulaient excuses, puis, envahi par une insupportable honte, il se désolidarisa de son corps. Il se regardait maintenant par les yeux de la femme, face à lui-même, ce bout de rien, ce vieux chien perdu qui bougeait encore ses mâchoires édentées, ne sachant plus reconnaître que de la haine dans les ombres qui l'entourent.

Aidée de son commis, elle réussit à hisser le voyageur jusqu'à sa chambre. Elle lui ôta ses chaussures, son nœud papillon pour dégager le haut de son col, puis elle le couvrit du drap blanc. Elle sortit de l'armoire la plus petite des valises et en retira une des montres à gousset, celle dont elle se souvenait au couvercle s'ouvrant comme un coquillage. Elle plaça la montre sur la table de nuit, tout près du dormeur, laissant un chant l'accompagner dans sa nuit.

24

Un soleil convalescent prenait appui sur l'horizon, réaffirmant à présent aux yeux de tous l'assurance de sa pleine santé. Le voyageur n'était toujours pas descendu dans la salle du café. L'hôtelière l'imaginait là-haut dans sa chambre, embarrassé et confus de ce qui s'était passé la veille au soir, honteux de se présenter au jour, cherchant les mots à dire pour se faire pardonner. Afin de rompre cet embarras et permettre en quelque sorte le premier pas, elle interpella son commis pour qu'il aille le quérir. Au bout d'un moment le jeune garçon revint seul et comme il se sentait encore échaudé par son erreur de diagnostic auprès du docteur la semaine précédente, il annonça du bout des lèvres :
« Il ne respire plus, l'Allemand. Je crois que cette fois-ci, il est vraiment mort. »
Le visage du garçon se contractait en une grimace inquiète dans l'attente de la réaction que ses mots

produiraient sur sa patronne. Elle ne tourna pas son regard vers lui, elle ne prononça aucune parole, ses mains qui lavaient un verre maintenaient ce dernier suspendu au-dessus de la bassine, elle restait figée dans la position où se trouvait son corps un instant plus tôt, comme sur les photographies qui ont cette capacité de pétrifier les êtres dans l'élan de leur vie. Le commis suivit l'inclinaison du regard de l'hôtelière qui, par la porte ouverte, se perdait vers la mer, cherchant peut-être là, plus que dans son annonce, la raison de son immobilité. Dans le silence qui recouvrait la scène, seules des gouttes chutaient une à une dans la bassine, après avoir lentement glissé le long du verre, qu'elle n'essuiera pas.

25

Une voiture de la Marine s'avançait sur la digue. Elle ramenait l'homme qui savait arpenter les blessures et calculer les mètres cubes à combler, les tonnes de pierre à déplacer, les murs à élever. Le véhicule stoppa à l'endroit où se situait la déchirure maintenant ravaudée. L'homme disposa ses appareils de mesure sur le trépied aux jambes écartées, vérifia que l'ordre physique était rétabli dans ses verticales et ses horizontales, puis signala aux derniers ouvriers présents que tout était en ordre, qu'ils pouvaient dégager les barrières et rouvrir la route.

Dans la longue ligne droite venant du village, il vit s'approcher immédiatement une autre voiture, et reconnut à son passage le directeur de la conserverie, fonçant à pleine vitesse vers les terres.

« Les dons du voyageur étaient illimités, puisqu'en plus de retarder les horloges, il redonnait une voix aux muets. »

Achevé d'imprimer au mois de juillet 2024
par les imprimeries Jelgavas Tipografija.
ISBN : 978-2-37055-434-5 | d.l. : octobre 2024